Puedes consultar nuestro catálogo en
www.picarona.net

La nube Olga
Texto e ilustraciones: *Nicoletta Costa*

1.ª edición: junio de 2019

Título original: *La nuvola Olga*

Traducción: *Laura Fanton*
Maquetación: *Montse Martín*
Corrección: *Sara Moreno*

© 2003, Edizioni EL S.r.l., San Dorligo Della Valle (Italia)
Derechos de traducción al castellano negociado a través de Ute Körner Lit. Ag., www.uklitag.com
(Reservados todos los derechos)
© 2019, Ediciones Obelisco, S.L.
www.edicionesobelisco.com
(Reservados los derechos para la lengua española)

Edita: Picarona, sello infantil de Ediciones Obelisco, S.L.
Collita, 23-25. Pol. Ind. Molí de la Bastida
08191 Rubí - Barcelona
Tel. 93 309 85 25 - Fax 93 309 85 23
E-mail: picarona@picarona.net

ISBN: 978-84-9145-277-5
Depósito Legal: B-10.209-2019

Printed in Spain

Impreso por ANMAN, Gràfiques del Vallès, S.L.
c/ Llobateres, 16-18, Tallers 7 - Nau 10. Polígono Industrial Santiga
08210 - Barberà del Vallès (Barcelona)

Nicoletta Costa

La nube Olga

 Picarona

He aquí la nube Olga: es blanca y suave,
como la nata montada.
He aquí la nube Olga, alegre y ligera,
lista para volar en el cielo azul de la mañana.

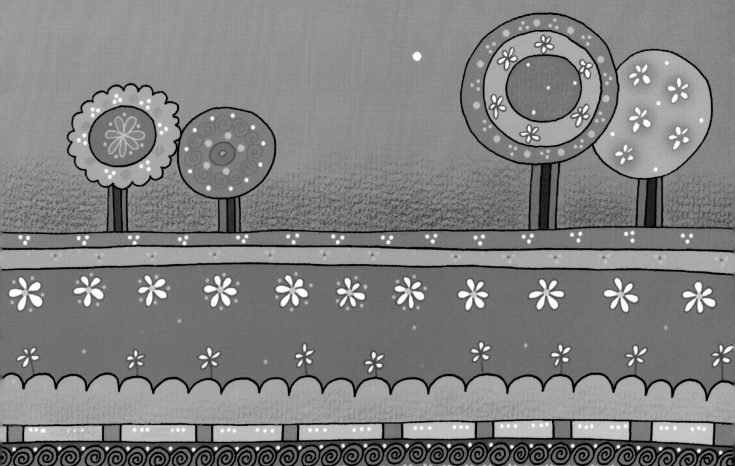

El día va a ser muy largo para la nube Olga:
¡en el cielo y en la tierra hay muchas cosas
realmente interesantes que ver!

También el mar es maravilloso:
Olga ha visto las olas azules y muchos peces,
pero luego… ¡qué desastre!
Olga se ha ensuciado con el humo negro
de un barco.

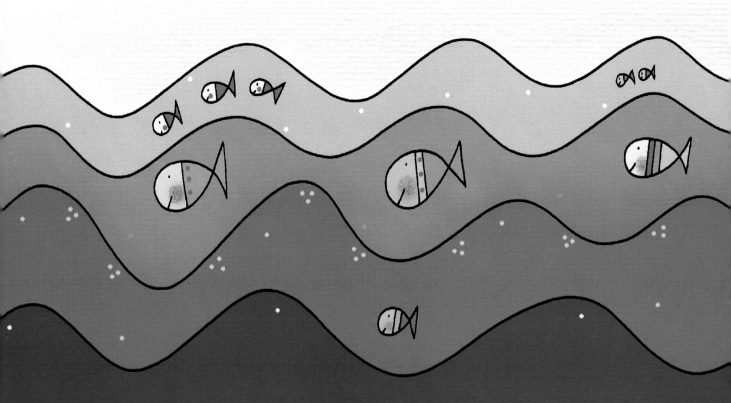

Olga se lava la cara con el agua fresca del mar

y en seguida vuelve a estar hermosa, blanca y limpia.

Ya es tarde, y a Olga le gustaría mucho irse a dormir,
pero no sabe dónde.
¿Tal vez en la luna? ¡Se ve tan cómoda!

Pero la luna tiene otra opinión.

La luna no quiere huéspedes.

¡Ya le está dando dolor de cabeza!

Entonces, llama al pájaro Luis

para que eche a Olga.

El pájaro Luis llega en seguida y la ahuyenta

suavemente con la punta de su botín.

Olga vuela, vuela y vuela hasta detenerse
sobre un gran gato dormido.

—¿Te importa si hago llover? –pregunta tímidamente Olga.

El gato abre despacio sus enormes ojos amarillos:
son tan amenazantes que Olga huye inmediatamente.

Olga se detiene encima de la gallina Jacobina,
que lleva a sus pollitos a dar un paseo.
Olga necesita con urgencia hacer que llueva.

La gallina mira hacia arriba y dice:

—¿No querrás de verdad hacer llover encima de mis pequeños?

Así que la pobrecita Olga se va.

Después de un rato se detiene encima
de la señora Emilia, que está tendiendo la colada.
A Olga le gustaría mucho hacer llover.

Pero la señora Emilia se enfada mucho.
Así que otra vez Olga, la pobrecita Olga, se va.

Más tarde, Olga se detiene sobre un campo
de girasoles.
Olga tiene muchísimas ganas de hacer que llueva.
Pero el jefe de los girasoles le dice:
—La verdad es que estamos sedientos,
pero tú eres demasiado pequeña para darnos
de beber a todos.
Así que, otra vez, Olga tiene que irse.

Olga ya está desesperada, no puede más,
¡necesita hacer que llueva de inmediato!
Afortunadamente, llega el pájaro Luis, que,
con el ala, le indica un lugar al que ir.

Olga vuela hacia allí, donde hay muchas,
muchísimas nubes.
Y al instante, todas juntas,
crean una larguísima y maravillosa lluvia,
¡sin pedirle permiso a nadie!